衛斯理系列 少年版02
支離人

作者：衛斯理
文字整理：耿啟文
繪畫：余遠鍠

老少咸宜的新作

　　寫了幾十年的小説，從來沒想過讀者的年齡層，直到出版社提出可以有少年版，才猛然省起，讀者年齡不同，對文字的理解和接受能力，也有所不同，確然可以將少年作特定對象而寫作。然本人年邁力衰，且不是所長，就由出版社籌劃。經蘇惠良老總精心處理，少年版面世。讀畢，大是嘆服，豈止少年，直頭老少咸宜，舊文新生，妙不可言，樂為之序。

倪匡　2018.10.11　香港

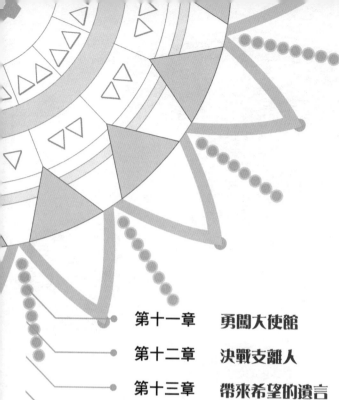

目

錄

主要登場角色

鄧石

拉達克部長

胡明

衛斯理

雅拔

大祭師

第十一章

勇闖 大使館

因為我的疏忽，讓兩名未經確認身分的神秘人進入了研究室，令到胡明和所有參與研究的學者都吸入了**神經毒劑**而昏迷，金屬片被偷去，而那兩個元凶卻逃得**無影無蹤**。

我隨即被帶到警局，警方對我十分客氣，或許是因為我持有國際警方的特殊證件吧。

他們總警署的拉達克部長負責處理此案，他一開口就向我轉述**醫院**的最新消息：「胡明博士和那些教授都

醒來了，可是，那種麻醉劑破壞了他們的組織，令他們變到像傻子一樣。」

我感到難以置信，「怎麼可能？據我所知，有這種效力的神經毒劑，是某國特務機構獨有的，其他人不可能會有的。」

拉達克嘆了一聲，「所以，這件案已經非常清楚了。」

我大吃一驚說：「你的意思是，搶走那金屬片的人就是某國的？」

「這事情已涉及到國際層面了，所以，衛先生你絕對沒有推辭的餘地，必須負起解決此事的責任。」

聽了他這番話，我終於明白他們為何會對我如此客氣了，原來他們需要利用我去對付那國的特務機構，奪取神經毒劑的**解藥**。

他帶我到一間會議室，向裏面的人員介紹說：「各位，這位就是我們聞名已久的**傳奇人物**衛斯理先生！他將要領導我們進行這項工作，這是我們的榮幸。」

他說得愈客氣，我愈感到事情的不妙，這行動肯定是**九死一生**的了。可是，我責無旁貸，胡明和幾位教授都是因為我的疏忽而受創的，我必須盡一切能力去補救。

拉達克馬上講解這次行動的細節，在屏幕上**投影**出一座相當宏偉的建築物，那是某國的大使館，他說：「該國的所有特務都藏匿在大使館中，受到保護。為了

避免外交風波，我們必須派非本國的人，潛入大使館執行任務！」

那個人自然就是我了。

我禁不住問：「你們評估這次行動的成功率有多大？」

他居然避而不答，只說：「請放心，我們為你準備了一系列的特務裝備。」

這時，一個人員向我遞來一顆口香糖，我感到有點莫名其妙。

拉達克向我點點頭，示意我放進嘴裏，但我一咬下去的時候，就感覺到那不是口香糖，而是什麼裝置。

拉達克解釋説：「這是一顆口香糖形的**無線**通訊儀，你每咬它一下，就會發出一個信號，通過咀嚼它，就可以傳送摩斯密碼給我們。」

我立刻嘗試咀嚼它，他們的電腦果然接收到**信號**，並即時翻譯成句子：「衛斯理真是個天才」。

拉達克哈哈大笑：「**哈哈**，衛先生真是個天才，一試就會。」

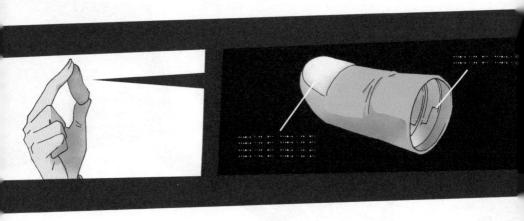

接着，另一個人員把兩個約半吋長的假拇指頭，各套在我的左右拇指上。看上去只是拇指長了半吋，是不容易被發現的。但裏面各裝有七枚**毒針**，可以在剎那間射出，令人在五步之內昏迷。

此外，他們還幫我換了一條皮帶，聲稱這皮帶的釦子能發出**刺耳**的聲響，使人渾身**酥麻**，短暫失去活動能力。

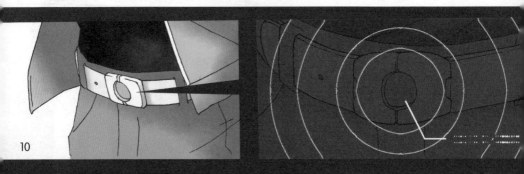

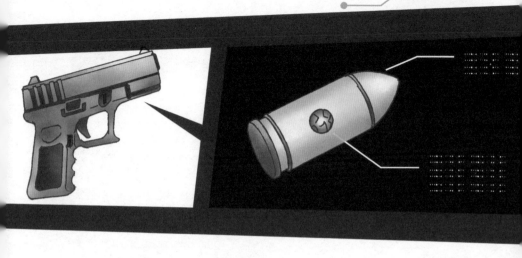

他們給我的最後一件武器，是一柄小手槍。子彈看

起來很普通，但其實是威力**強大**而聲音**極小**的微型炸

彈。據他們説，若是七粒「子彈」齊發的話，足以把整座

大使館夷為平地。

有了這些武器，我對這次任務變得樂觀了許多。

可是，當他們給我穿上防水衣和戴上氧氣面罩時，我

便感到大大不妙，因為他們要我經下水道**潛入**大使館。

我在下水道裏，淌着污水前行。我一邊走，一邊咀嚼

着那口香糖，向拉達克報告沿途情況。而拉達克亦能透過

口香糖向我傳達聲音，因為口香糖能輕微我的牙齒，把聲音傳導至我的耳朵裏。

我來到一塊大石頭前，那石頭上畫了一個**紅色✕交叉**的記號，拉達克指示我用那小手槍射出炸藥子彈，把大石炸開，後面便是大使館的地窖了。

我立刻用摩斯密碼問他：「**如果地窖裏 有人**」

他説：「根據我們的情報，這地窖是**荒廢**的，不會有人。但即使有人，也不會超過十個人吧，你兩根拇指合共有十四枚毒針，足夠應付了。」

拉達克説得也有道理，於是我脱掉防水衣和氧氣面罩，掏出那柄小手槍，射出一枚微型炸彈把大石**炸開**，聲響不是很大，應該不會驚動到上面的大使館。

大石的後面果然就是大使館的地窖，而且確實沒有人，不過卻亮起了許許多多**發光**的小點，在黑暗中迅速地移動。

那是**老鼠**的**眼睛**！

以我目測，那裏沒有一百也有八十隻老鼠。我當然不怕老鼠，但萬一那麼多老鼠爬到我的身上，那肯定會影響我的行動。

十四枚毒針不足以對付如此數目的老鼠，我靈機一動，咀嚼口香糖問拉達克：「**皮帶釦子的聲響對老鼠有效嗎?**」

他回答說：「我們最初正是用老鼠做實驗的。」

我連忙用耳塞堵住耳朵，然後用力按壓皮帶釦子。它發出了一陣**刺耳**的聲響，只見老鼠們渾身酥麻地**趴在地上**。我立刻趁機奔跑進去，爬上一條鐵梯，把通向樓上的鐵門打開。

開鎖一向是我的強項，不消半分鐘我就成功開了門，從地窖走了上去。

地窖上面是一個儲物室，幸好也是沒有人的。我馬上

依照拉達克給我看過的大使館室內平面圖，找出最快的捷徑，潛進大使館的**心臟位置**。

　　沿途我靠着技術和運氣，一一避開了大使館人員的耳目，終於來到了大使館的心臟位置，那是在大使館的三樓。

　　走廊的兩旁有不少房間，我發現其中一個房間的門鎖特別**精**細，便決定先潛入那個房間看看。

　　可是，也因為這個門鎖特別精細，我這個開鎖高手居然花了五分鐘也開不到這道門。

　　門內忽然發出了「**格格格**」的聲響，那是一種機器齒輪**轉動**

的聲音。門隨即打開，一個人從房內走了出來，就站在我的面前！

時間不容許我思考，我本能反應地把他推回房裏去，然後關上房門，以免驚動到外面的人。

幸好房內沒有其他人，我一彎手臂，就將他的頭頸**緊緊**地箍住，同時我的槍也抵住了他的額角。

「**別動，別出聲。**」我在他耳邊低聲說。

我觀察四周，發現房內另外有一道鐵門，跟剛才通往走廊的鐵門是一樣的，由**機械**控制，並非一般的門鎖。

我深信那道門後面一定有秘密，便命令他：「**打開那道鐵門！**」

我以為他會拒絕打開，或故意拖延，怎料他好像求之不得地馬上拍下了一個按鈕。

那道鐵門**徐徐升起**，裏面有幾個大漢拿着槍指向我。

更倒霉的是，通往
走廊的那道門也同
時打了開來，同樣
有幾名大漢拿槍指
着我。

17

我心裏一**沉**，「這裏的總負責人就是你，對嗎？」

那人不再緊張了，冷笑了一下，「你逃不掉的，我欣賞你的身手，如果你放了我，我們或許還能談合作。」

可是我沒有理會他，只顧數着：「**一、二、三、四**......」

「你在數什麼**？**」他疑惑地問。

「算人數啊......十二、十三、十四。」我數完了，心情放鬆下來，「你這裏有**十四**個手下。」

「嘿，你知道就好，還不放了我！」

怎料話音剛落，那十四個手下就突然**應聲倒下**，那當然是因為我的拇指向他們射出了毒針。

那人看得目瞪口呆，「你......」

「你不是很欣賞我的身手嗎？沒讓你失望吧？」我笑了一下，然後命令：「快將你們在大學研究室搶到的那塊

金屬片 交出來!」

我手中的槍用力抵住他,他不敢反抗,只好聽從我的話,帶我穿過鐵門後的**秘道**,來到他的辦公室。

「在抽屜裏。」他説。

我用手槍指着他,命令他打開抽屜,把東西拿出來。他惟有照做,從抽屜裏拿出一個公事包。

「好了,你要的東西在這裏。」

我看了那公事包一眼,它的**大小**,的確恰好可以放得下那金屬片。

但為防有詐，我命令他：「打開來讓我瞧瞧。」

他顯得十分為難，我馬上就知道，這公事包一定是**內有乾坤**，一般人一打開就會中伏而死。

「**你還不打開它？**」我將他的身體擋在公事包和我之間，催促道。

就在他雙手**顫抖**，不敢打開公事包的時候，突然有一雙**游離**的手，不知從哪裏突然飄來，幫他打開了公事包，裏面立刻噴出毒氣。

我慌忙**向後彈退**，避開了毒氣，但那特務頭子卻**躲**避不及，被毒氣噴個正着，慘叫：「噢不！」

那雙手趁機從公事包裏取出金屬片和一疊紙張，迅速逃離了。

第十二章

決戰 支離人

我想追截那雙手，可是面前的毒氣還未消散，我不敢前行，只能 **躲** 在角落裏。

等到毒氣 **消散** 後，那雙手已經不知逃到多遠了，我只好暫時放棄金屬片，先辦一項更重要的任務，就是要那特務頭子交出神經毒劑的解藥。

怎料他哭着説：「*那是沒有解藥的。*」

我立刻又拿起槍指嚇他：「別裝了，快交出來！」

「我沒騙你，我剛剛也中了毒劑，如果有解藥，我還不立刻取用嗎？」

只見他眼淚鼻水**狂流**，狀甚痛苦，不似説謊。

「你居然用那麼歹毒的毒劑害人！」我憤怒地罵他。

「那是一筆很大的財富啊。」他哭着解釋：「接頭人告訴我，東西搶到手後，與神經毒劑一起放進公事包裏，作**防盜**之用。我最初也感到奇怪，對方不怕自己打開時中毒嗎？但看到剛才的情景，我便明白了。」

那神經毒劑是透過入侵呼吸系統而發揮作用的，普通人打開公事包，必定會被毒劑噴中而吸入身體。但鄧石卻

是個支離人，他用一雙*游離*的手來打開公事包，便完全沒有中毒的問題了。

「你剛說的接頭人，是誰？」我趁他還未昏迷，趕快追問。

「他叫雅拔，每天下午三時都在市郊一個公園的一尊石像下，風雨不改。」特務頭子說完便**昏倒**了。

這次潛入大使館的任務可謂**徹底失敗**，既拿不回金屬片，亦得不到解藥。

我把情形用口香糖傳送給拉達克，沒想到他知道任務失敗後，便立刻跟我**劃清界線**：「我們之間沒有任何關係了。」

話音剛落，口香糖的傳輸訊號便立即**中斷**。

我只好憑自己的能力逃出大使館了。

我用耳塞堵住耳朵，用力按壓皮帶鈕子，發出一陣陣

刺耳的聲響，然後選擇一條最

短的路線逃出大使館。

最短的路線當然是指

，我用那柄手槍向地

板開了一槍，子彈炸開了一個洞，

我便直接。

　　如是者，我穿過了二樓和一樓的地板，直達地下。接着我又連開幾槍，炸開了一個個房間的牆壁，直接穿牆過壁走出了大使館。沿途有不少大使館人員想抓捕我，但皮帶釦子發出的聲響令他們全身**酥麻**，無力對付我。

　　我總算成功逃出了大使館，子彈、毒針都用光了，我把所有裝備卸在路邊，然後截了一輛的士前往特務頭子所說的那個公園。因為如今追查鄧石下落的唯一線索，就是那個接頭人了。

　　到了公園，我在離石像不遠的一張長凳坐下來，先歇息一下。

　　快到三時正的時候，我看見一個**大胖子**慢慢地走到石像旁的長凳上，坐了下來。

　　我深信他就是雅拔，於是站起身來，向他走去。

但就在這個時候，我發現那胖子背後閃着怪異的**銀光**，細心一看，原來是一把刀在晃着。

可是，他的背後並沒有人，何以會有一把刀自行飄浮着？我馬上發現，握住那柄刀的，**正是鄧石的手！**他想殺害雅拔，毀屍滅迹！

「小心背後！」我大喝一聲，然後撿起一顆石頭，向鄧石的手直射過去，打住了它的動作。

27

雅拔也趁機從長凳**彈跳起來**，慌忙走避，「**哇！**」

鄧石的手拿着刀向雅拔刺過去，我隨手撿起一根樹枝為他擋格，與那柄刀比起刀法來。

但樹枝又怎能敵得過刀子呢？每一下**短兵相接**，我手上的樹枝就被削去幾分，眼看很快就要削到我的手指去了。

幸好，我的優勢是可以手腳並用，我立刻飛腳一踢，狠狠地踢中了鄧石的手，刀子應聲**飛脫**，插在樹幹上，而那隻游離的手則負傷逃去。

那手離我有點遠，我難以追上它。但我忽然看到一頭在公園裏散步的獵犬，心生一計，便向獵犬**大吼**一聲，引起牠的注意。獵犬轉過頭來，看見在半空中疾飛的手，有如看見飛盤一樣，本能反應地撲了過去，**躍起**把那隻手咬住。

「**做得好！**」我歡呼了一聲。

接着，我意料之中的事情發生了。

鄧石滿頭大汗，**氣喘如牛**地奔來，他撲向那頭狗，伸出左手臂，把狗口中的左手接回自己的身體上，然後憤怒地把獵犬甩開。

獵犬剛好撞到我的身上，我連忙接住牠，還摸摸牠的頭說：「好孩子，你做得很好！」

當我放走了獵犬，抬頭一看的時候，卻發現鄧石已經逃至公園門口了，我連忙追去。

他跳上他的車子，開車逃走。我掃視四周，發現路邊有一架電單車，只好臨時「借用」。我三兩下就把電單車發動起來，向鄧石的車子追去。

　　我們在一條偏僻的路上互相鬥法，畢竟我的電單車比他的車子靈活，而且他是負傷駕駛，根本沒有辦法擺脫我，被我**愈追愈近**。

　　眼看我快要追到他的時候，他的一隻手突然脫離了身體，拿着手槍，飄出窗外，向我射來。

　　雖然他的手有一定的感應力，但缺乏視力的輔助，難以準確射中**左右閃避**着的我。

　　鄧石一怒之下，竟然連頭部也**脫離**了身體，飄出車外，惡狠狠地**瞄準**了我。

他的手正準備開槍把我殺掉之際，鄧石的臉部突然露出極痛苦的表情，手中的槍掉在地上，而同時，我聽到了一聲 **巨響**！

原來因為他的身體缺少了一手一頭，看不清路面情況，操作也不靈活，**車子 意外撞到 大樹上了！**

我 **煞停** 了電單車，只見鄧石的軀體掙扎着爬出車外，而他的頭和右手依然飄浮在半空，但好像有一道引力，使它們被車禍中的身體緩緩地吸回去。

第十三章

帶來希望的遺言

我立刻下了車，追上去。鄧石的臉容極之痛苦，好像在**掙扎**着不想回到自己的身體去。

他一改以往囂張的氣焰，竟向我哀求道：「**救我！** **你一定要救我！** 我差一點點就可以獲得強大的力量了。我答應你，成功之後，我馬上治好胡明教授和其他學者！」

他的話吸引了我，我連忙問：「你有辦法治好他們？」

「不但可以治好他們，我還可以和你分享難以想像的 **財富$$** 和 **權力👊**。」

我感到難以置信，因為連製造這種毒劑的人也沒有解藥，鄧石有什麼方法能治好胡明和其他教授呢？但看他的樣子十分誠懇，又不似在説謊。

此時，鄧石的手已經接回到身體上了，他的臉容顯得十分慌張，不斷哀求着我：「**請你一定要救我，我不能死！**」

我不是一個會見死不救的人，可是我實在不知道該如何救他。

我正想問他的時候，他的頭剛好 **接回** 到身體上，並同時吐血身亡，剛才的一番話成了他的 **遺言**。

我目睹了一個支離人的 **死亡**，死得如此詭異神奇。

　　鄧石的遺言引起了我的關注，到底他差一點點就可以獲得什麼強大的力量？真的可以治好胡明和其他學者嗎？他的話令我重燃**一絲希望**。

　　我趁警察未到之前，盡快搜索鄧石身上和車上的東西，結果找到了一個記事本、一個銀包和許多零碎的東西。

　　記事本上寫滿了瑣碎的事情，我**快速**翻了一下，除了某兩頁各寫上了一組沒有意義的數字之外，並沒有發現其他特別的地方。

　　我打開了銀包，內裏有一疊約莫十來張的名片，名片上印的名字是「**鄧傑**」，銜頭是一個考古團的團長，這是在埃及頗流行的銜頭，下面附有一個地址。雖然名字是「鄧傑」，但我斷定那是鄧石的另一個化名。

　　那麼，名片上的地址，**很有可能**就是鄧石的居所了！

這是一個極重要的發現，鄧石死了，他生前一切神秘不可思議的事，就只能從他的遺物着手調查研究了。而他大部分的遺物，**自然就在他的住所中！**

我急不及待的依照着那地址，來到了相信是鄧石的住所。那是一棟英國式的雙層小洋房，屋內沒有一點動靜，似乎無人，於是我用**百合匙**打開門，走了進去。

房子是英國式的，進門就是樓梯和走廊，走廊通向廚房，在走廊的一旁是客廳。

我在樓下**走了一卷**，瀏覽了一下，沒發現什麼異樣，於是往樓上走去。樓上一共有五個房間，我打開了第一個房間的門，不禁呆了一呆。

這房間跟鄧石在香港住所的睡房很相似，擺放着一個可以讓人躺得下的**大箱子**，而箱蓋是蓋着的。

比起在香港時要**鑽穿地板**窺伺，現在我看得清楚多

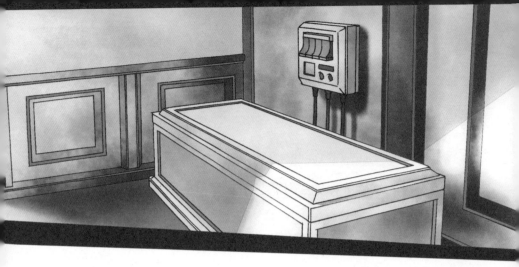

了。原來房間的牆上還裝有一組儀表和機器，並以金屬線連接到那大箱子裏。

我掀開箱蓋，裏面是空的，那猶如一副棺材，令人不禁頭皮發麻，感到了一陣陣寒意。

我感到有點不自在，所以離開了第一個房間，走去打開第二個房間的門。那個房間也和鄧石在香港居所的另一個房間一樣，牆上有許許多多的凹槽，恰好可以放下人體的各部分，有着各種不同的動作形態，不規則地佈滿了牆壁，令人感到莫名其妙。

第二個房間除了凹槽之外，並沒有其他值得研究的地

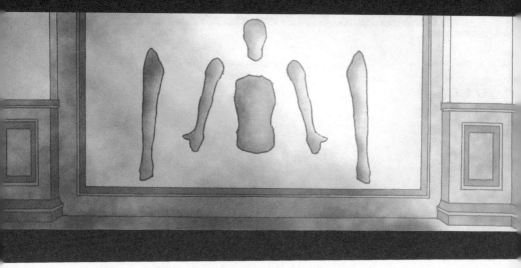

方，於是我去打開第三個房間的門。

第三個房間是書房，乍看之下似乎十分正常，但細心觀察的話，便會發覺這裏的整體佈局跟正常人的書房很不一樣。**關鍵**在於書桌前面竟然沒有任何椅子！沒有椅子，怎樣坐下來工作呢？

說到要坐的話，房間的角落裏倒是有一張十分**舒適**的小沙發，但距離書桌十分遠。

在房間的另一個角落，更擺放了一部健身跑步機，可卻是向着牆壁的，誰會喜歡面對着**冷冰冰**的牆壁跑步呢？

　　我初時還覺得這個書房的擺設非常笨拙，但細想之下就不覺得古怪了，因為鄧石是個 支離人 ，他在書桌上工作時只需要一雙手和頭部就足夠了，根本不需要座椅，而他的身體還可以躺在沙發上休息，同時讓一雙腿在跑步機上鍛鍊。我在腦海裏 幻想 着這樣的畫面，竟然不覺得恐怖，還有點羨慕，如果我也可以這樣做就好了。

這時候，我忽然發現書桌的抽屜有一個字盤型的 **密碼鎖**。本來書桌抽屜上了鎖是很普通的事，但用到如此特製的密碼鎖，卻是十分少見的。我敢斷言抽屜裏藏着很重要的東西。

我立即記起在鄧石的記事本上看到的兩組數字，我取出那記事本，依照那兩組數字去撥動字盤。根據我的經驗，**這兩組數字正是開啟那字盤的密碼！**

等我撥完了這一堆號碼之後，聽到「**卡**」的一聲，我輕輕一拉，成功把抽屜拉開來了。

抽屜裏有一大疊活頁簿，釘在一起，皮封面上寫着幾個我看不懂的 **古埃及文字**，打開一看，那原來是鄧石的日記，完整地記載了他的奇異遭遇。

第十四章 鄧石的日記

以下節錄了鄧石日記的一些重要片段，當中的「**我**」，自然是指**鄧石**了。

七月六日。酷熱。一個阿拉伯人向我兜售十二顆紅寶石，索價甚是便宜，那是令人驚艷的紅寶石，但來歷不明，十分神秘。

七月七日。我將**紅寶石**◆寄往巴黎，交由珠寶專家巴薩摩鑒定。

七月八日。得到巴薩摩回覆，那些紅寶石是**稀世珍品**。

七月九日。再遇那阿拉伯人。他先開口：「還要些寶石麼？」

我騙他說：「是的，還要一些上佳的**綠玉**，但要盡快，因為我明天就要坐飛機走了。」

他說最快也要明早才能給我，我答應了，然後悄悄地**跟蹤**他。

他來到一間小屋子，叫喚了一聲：「鹿答！」然後，一個十分**矮小**的人跟他一起出發，我便繼續跟蹤。

他們走到荒郊，天色**漸黑**，來到了一座廢廟旁。

那矮子**伏在地上**，阿拉伯人用袍子**遮掩**着他，然後那矮子發出了一下怪誕的聲音。

約半小時後，那矮子忽然站起，用那白袍裹住了身子，兩人匆匆離去。我跟蹤他們回到了市區，他們進入那小屋子。這時天快**亮**了，我必須回到酒店去，因為和那阿拉伯人約定的時間快到了。

七月十日。回到酒店沒多久，那阿拉伯人就來了，他將六粒**卵形**的綠玉放在桌上，每顆只賣一千鎊。老天！一千鎊買這樣的綠玉，是假的也值了！

七月十二日。巴薩摩證實那些綠玉是極品，每一顆價值十萬鎊以上。

七月十三日，**黑色星期五**。我到那廢廟去看看。上次鹿答伏着的地方，是一塊大石。在大石上，有一個小小的圓洞，勉強可以讓拳頭伸進去。我**向內張望**，什麼也看不到，將耳朵貼在洞口，只聽到十分**空洞**的聲音，證明下面是一個大洞。

難道綠玉和紅寶石就是從下面取得的？這未免太容易了，我連忙將拳頭塞進去，把手臂伸到了極限，也只抓到 **空氣** 。

七月十四日。我去那小屋子找鹿答，鹿答害怕得跑掉了。

七月十六日。今天運氣極好，我再遇見那阿拉伯人，於是用槍 **威逼** 他講出寶藏的秘密。

他說寶藏就在那個小洞之下，**深達六十呎** 的一個地窖裏，中間還要穿過七層類似的小洞，才能碰到寶石。

我不相信，要他去找鹿答，到那個廢廟旁再做一次給我看。這次鹿答的身上沒有蓋着白袍，他的手臂伸進那小洞後，竟從他的肩頭 **脫離** 了！

那不是 *幻覺* ，他的手臂確實是離開了他的肩頭，到六十呎以下的地底去尋寶了 **!**

這種力量比任何財寶都更誘惑人，於是，我毫不猶豫地殺了那阿拉伯人，然後捉住鹿答的左手，不讓他逃走。但他為了擺脫我，左手居然也開始 *脫離* 手腕！

同時，我發現他胸前掛着一件奇妙的東西，是一個兩吋見方的 *扁平* 盒子，那盒子正在 *發出光芒* ，照射在鹿答的左手腕上。我恍然大悟，一切奇異能力的源頭就在那盒子。於是我一槍解決了鹿答，奪去那盒子。

七月廿一日。殺人後過了幾天，情緒終於平復下來。我嘗試用一柄薄薄的小刀，把那盒子撬

開，發現裏面是摺疊起來、**薄如蟬翼**的金屬薄膜。金屬薄膜上有着許多**點狀凸起物**，每一個點之間，都有着細痕聯繫着，看起來像一種古怪的文字。

八月三日。那些文字給許多專家看過，都沒有結果。我只好把那盒子掛在胸前作飾物。

一月一日。那東西掛在胸前已有半年了，在新的一年來臨的那一剎那，它發出了奇異的聲響，如同無線電報的「**滴滴**」聲，連續不斷。我把它拿下，打開來看，發現除了聲音之外，那些點狀物還閃着**微弱的光**。

這個奇妙的現象，維持了十分鐘才停止。

49

一月三日。我漸漸覺得，那些點狀物看起來不似文字，而更像是電路板，我打算將它交給占美看看，他是加拿大一家大規模電子工廠的工程師。

一月十日。占美看到了那東西，形容它設計極其精妙，絕不是地球上能做出來的，那些電子管的**壓縮密集**程度，比人類技術優勝千萬倍。

一月十二日。占美將那盒子連接到工廠的電腦系統，並為盒子**通電**。結果，全工廠的電腦系統產生強烈反應，工廠陷入混亂之中，還引起零星**爆炸**。

占美被當成**恐怖分子**，被保安制伏。而我則趁混亂拿回那盒子溜走了。

一月十三日。我離開了加拿大，占美被送入精神病院。

一月十五日。我相信那盒子是一個電子裝置，於是決定不斷以各種電壓和**電流**去測試它。

一月十六日。這實在是太瘋狂了！當那東西接通七百伏特的高壓電後，發出了一陣奇異的閃光，我的右手被**閃光**照到後就不見了，右腕上是光禿的，沒有手，手在哪裏？

忽然間，我看到了自己的右手正在餐桌上徘徊，我戰戰兢兢地用左手抓住自己的右手，幸好能接回到手腕上！

這實在是太可怕了！我不敢再碰那個神奇盒子！

十月三十日。足足過了大半年，我才敢再做試驗。由於太緊張，這次我不小心被閃光罩住了頭部，我的頭立刻 *脫離* 身體，懸浮在半空。我沒有死去，也沒有痛楚，沒多久，頭又回到了身體上。

十一月三日。隔了幾天，我再做試驗。有了兩次經驗，我的膽子 **大** 了不少，讓閃光照射身體的各個部分，發現全身任何部位都有同樣的效果！

十一月四日。我由 **驚慌** 變成 **興奮** ，從今天起，開始做各種試驗。

十二月十日。我回到香港，找了一個新居，是一棟頗為清靜的大廈的二十三樓，**居高臨下**。

在過去一個多月的試驗中，我發現自己每次支離後，精神都變得更飽滿，渾身舒暢。於是，我在睡房設置了一個箱子形的床，攜同那盒子躺進箱子裏，接通電流，整個人在箱子裏不停**支離**又結合，每天這樣睡上兩小時，便有一種重生的感覺。

十二月十二日。我有了意外的收穫。原來每天在箱子裏持續照射後，光芒的效能就好像**充電**般暫時儲存在我的體內。我漸漸可以隨時隨地憑自己的意志來控制肢體分離。但我控制得不是太好，所以我在另一個房間的牆上挖了一些**凹槽**，讓我可以練習控制把肢體移到凹槽去，就好像嬰孩學習把**積木**塞進相同形狀的洞裏一樣。

十二月二十日。經過一星期的練習，我有長足的進步。於是把練習範圍*延伸*至屋外。

我的右手脫離了身體，打開窗子，向窗外*飛去*，飛往樓上的陽台，爬到石緣上，然後又回到手腕去。

十二月廿一日。手和腳的連續試驗都很成功，即使相隔一個樓層那麼遠，手腳依然受我的意識控制，我深信更遠的距離也沒有問題。

十二月廿二日。*我游離的肢體被人發現了！*有人在我的腳骨上踢了一腳，實在太豈有此理了！如今我已是一個擁有神奇力量的*超人*，我一定會讓踢我的人付出代價！

鄧石的日記

在鄧石的日記裏，有關他獲得 ✦神奇✦ ✦力量✦ 的過程，就到這裏為止。後面記載的，就是他如何和踢了他一腳的人作鬥爭的事。

而踢了他一腳的人，正是我——衛斯理。我與他之間的 **糾紛**，在前面已經詳述過了，不必借助鄧石的日記來補充。

但值得一提的是，鄧石最新的一篇日記是今天較早時寫的，當時他剛剛從大使館拿到了那金屬片和一疊紙張回來，他馬上在日記裏 **嘲笑** 胡明和那些學者，還把他們翻譯出來的文字直接丟進垃圾箱去，因為鄧石認為，金屬片上的根本不是文字，而是與那盒子連接的 **接合點**。

那盒子是一部具有 **強大功能** 的神奇裝置，令肢體分離只是其中一個已被發現的功能而已，只要找到操控盒子的方法，就可以發揮盒子的所有功能。

　　而石棺裏找到的那塊 **金屬片**，很可能就是一個連接盒子的操控器。

　　我認為鄧石的推論頗合理。我才剛看完他的日記，屋內突然響起了一下 **爆炸聲**。

第十五章
怪異能力的來源

我立刻向**爆炸聲**的方向跑去，那是地下的樓梯底位置，我看見牆上有一道**暗門**被炸開，才發現那裏原來是一個密室。

密室內傳出一陣**燒焦**的氣味，我掩着鼻子走進去，在門邊找到了電燈和抽風機的開關，打開了之後，看到內裏的擺設，便知道這是鄧石的**秘密實驗室**。

燒焦的氣味從實驗桌那裏傳來，我走過去查看，發現桌上有兩幅東西**疊在一起**，

一幅是攤開來的**金屬薄膜**，而另一幅則是我和胡明從石棺蓋裏找到的那塊**金屬片**。這兩幅金屬物緊貼在一起，並連接着強大的電源。

　　這顯然是鄧石正在做的實驗，嘗試用**強大電力**接通這兩件東西。因為從他的日記可知，他認為石棺裏所找到的金屬片，和他那個「神奇盒子」有着密不可分的關係，只要將金屬片上的**刻紋**，與盒子裏那些金屬薄膜上的點狀物接通的話，就如鍵盤接到了電腦一樣，可以盡情發揮「電腦」的強大功能！

　　可是，剛才的爆炸表示實驗失敗了。那塊從石棺蓋裏

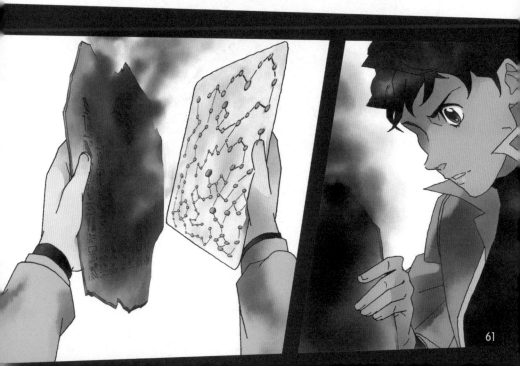

找到的金屬片雖然比較**厚**，但也承受不住高壓電的衝擊，已被燒毀，變得**焦黑一片**。相反，那盒子裏的金屬薄膜卻絲毫無損，顯然彼此的物料不同，技術水平也有**天淵之別**。

從這個實驗可見，石棺蓋裏那塊只是普通的金屬片而已，與盒子裏的金屬薄膜無法連繫。

也許胡明與那些學者的推斷才是對的，刻在金屬片上

的確實是文字，並非儀器的接合點。如果能翻譯出那些文字的意思，或許能解開一些謎團，找出治好胡明和學者們的方法。

可惜，現在那塊金屬片已經燒焦毀壞了，刻在上面的文字再也看不清。

但這時候，我忽然記起鄧石最後一篇日記所寫：「我把他們翻譯出來的文字直接丟進了垃圾箱……」

我連忙從實驗室的垃圾箱裏搜索，果然找到了一疊紙張，正是胡明和學者們的翻譯本，譯文是：「伯特雷王朝的大祭師是牛神的化身，他的能力驚天地、泣鬼神。他的墳墓在偉大的宙得神廟以東十里，他的一切能力，都隨他的死亡長埋墳墓中。大祭師是牛頭大神，無數人可以證實這一點，大祭師——」

他們只翻譯了金屬片上十分之一的內容，當中提及

63

大祭師是牛頭大神，有着驚天地泣鬼神的能力，因此我相

信，一切 怪異 力量的源頭，就是這個大祭師。

　　當然，單憑這十分之一的內容，對治好胡明和學者們毫無幫助。如今鄧石已死，胡明他們又變了傻子，要解開一切謎團的話，只剩下最後一條**線索**，就是大祭師的墓！

　　我決定前往大祭師的**墳墓**，從墓中尋找答案。

　　正想出發的時候，我撥開那塊已燒焦的金屬片，底下那幅攤開來的金屬薄膜是從那神奇盒子裏翻出來的，薄得幾乎**透明**，如鄧石日記所說，薄膜上有着許多**點狀凸起物**，每一個點之間，都有着細痕聯繫着，像電路板一樣。

鄧石在日記裏面提到，這東西接通七百伏特的高壓電後，會產生奇異的效能。

我的好奇心使我禁不住自問，何不試試看？反正那盒子已經**連接**上供電器，我只要把供電器重新開動，調校到輸出七百伏特的電壓，就可以親眼看到這盒子的威力了！

於是，我**戰戰兢兢**地開動了供電器。

我沒有把金屬薄膜收回盒子中，因為我想仔細觀察它通電後的模樣。當我把電壓調到七百伏特的時候，那些點狀凸起物便開始閃着**各種顏色**的光，這些光點隨着細痕不斷游走，我還聽到薄膜上響起「**滴滴答答**」的聲音。而最令我震驚的，是我不但聽到聲響和看到光點，我還觀察到某些凸點和細痕上竟然冒出一絲絲的煙霧，有些位置還滲出極少量的液體，瞬間就被**蒸發**掉。

我即時有一個極大膽的猜想，這不是電路板，也不是

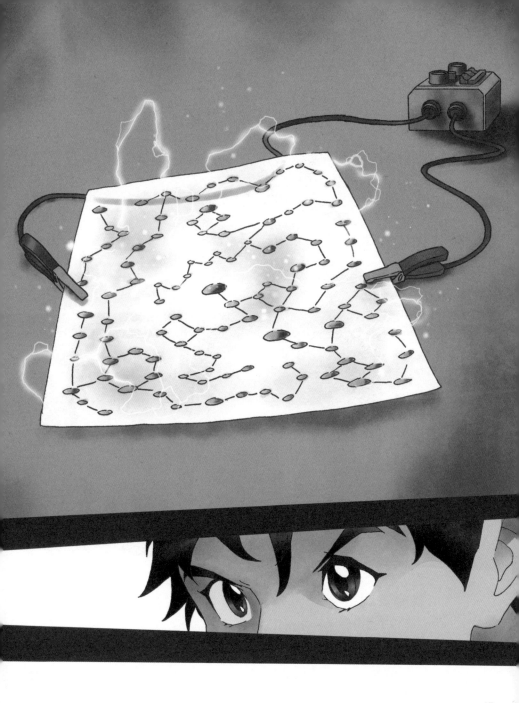

電腦，它簡直是一座規模極大的電子工廠！

　　想到這裏的時候，金屬薄膜上的一個圓形黑色符號忽然射出一道奇異光芒！我來不及閃避，右手掌被光線照射到，然後，奇異的事就發生了，我的右手脫離了手腕，飄浮在半空！

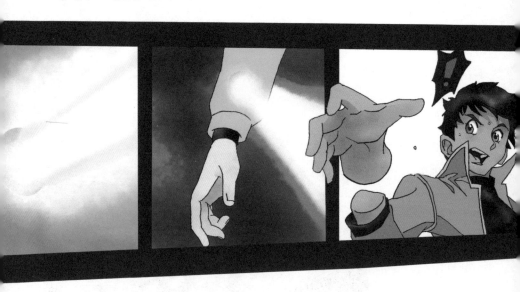

　　我心裏只想着要盡快把電源關掉，以免全身各部位都被那光線照射得支離破碎。怎料這個念頭一起，我的

右手就飛去供電器那裏，把電源關掉了。

我的右手雖然脫離了身體，但依然受我的意識和神經操控。我正感到興奮的時候，它卻突然飛出了房門，**溜走了。**

「**喂！你去哪兒啊？**」我大叫。

大概是因為我心裏很焦急，想着要快點收好東西，趕去找大祭師的墓，結果，我的左手忙着把金屬薄膜疊好放回盒子內，右手卻已經急不及待的出發了。

我把盒子掛在胸前，放好胡明與學者們的翻譯文，便立刻追出去，「**喂！等等我！**」

　　走到街上，我找不到我的右手，這是多麼可怕的事！但我依然接收到從右手傳回來的感覺，我嘗試控制自己的右手不斷地摸索，感覺到它正摸着一件**毛茸茸**的東西。

　　這時我忽然聽到了狗吠聲，循聲音看過去，原來我的右手正撫摸着一隻狗的頭，只見那狗不停的左看右看、上看下看，把頭**甩來甩去**也看不到誰在摸牠，十分疑惑的樣子。

　　我連忙跑過去，伸出右手腕，成功讓右手接回到手腕上。那隻狗瞪大眼睛看着　　　　　　我，我匆匆截了的士離去。

第二天，我準備好一切工

具，來到了宙得神廟，那的

確是個極偉大的建築。根據譯文，

大祭師的墓就在宙得神廟以東十里。

出租駱駝的阿拉伯人知道我要向東

走，驚訝地**警告**我：「那裏是沙漠毒蠍

出沒的地方，連**最凶悍**的康特族阿拉伯

人，也不敢經過那個地帶！」

我聽了之後，也不

禁呆了半晌。

沙漠毒蠍是一種有 **劇毒** 的毒蟲，牠們伏在沙上，顏色和沙粒完全一樣，如果被牠尾部的毒鉤螫中，半分鐘內便會 **心臟麻痹** 而死。

我想了片刻，仍然決定上路，但我不騎駱駝，而是租了一輛最適合在沙漠上行走的小跑車。

我從神廟出發，開車向東面駛去，沿途小心地看着里程表、指南針，還有地上的動靜，提防沙漠毒蠍突然出現。

在車子駛出了九里之後，我看到兩座 **拔地而起** 的峭壁，在陰暗的月色中看來，格外高大駭人；而在兩座峭壁之間，是一道十分 **狹窄** 的峽谷。依我估計，只要穿過這道峽谷，在另一頭的出口處，剛好就是大祭師墳墓的位置了。

可是，當我將車子駛到了峽谷口的時候，發現那峽谷竟然只有三呎來寬，**車子根本駛不進去！**

第十六章
大祭師的墓

那峽谷像一條長長的巷子，大約不足一里的長度，走十

多分鐘就能走完。於是我決定棄車步行，**徒步** 穿過那峽谷。

我下了車，帶着會用上的東西，向那峽谷中走去。

才走了十多步，便發現地上有一堆不知屬於什麼動物的

白骨。

我的身子開始不由自主地**發抖**，正猶豫着要不要繼

續向前走的時候，我感到腳下的一些沙粒在緩緩移動。

我十分驚慌，戰戰兢兢地抬起腳來，仔細往地上一看，**原來那些「沙粒」是沙漠毒蠍！**

我已將幾隻毒蠍踏在腳下了。那白骨上也爬滿了毒蠍，有的在蠕蠕爬行，有的在互相用尾鈎打着架。

望向兩旁的岩石，只見也是佈滿了這種蠍子，牠們好像發現了我，正向我逼近，再不逃跑的話，恐怕我瞬間就會化成另一堆白骨。

我以身體**極限的速度**從原路逃出來，**跳上車子**，關緊車門車窗，確認過身上沒有被毒蠍附着後，便立即開車離去。

本來徒步十多分鐘就能穿過的峽谷，如今我卻要繞過其中一座峭壁前往目的地，可是，這兩座山頭向兩旁延伸得**很遠很遠**，不知道還有多長的路要走。

車子足足駛了幾十里路，拐了好幾個彎，在我以為差不多繞到峽谷的另一頭時，卻發現迷路了，我根本不知道

自己身處什麼位置。

由於儲油量不多，我不敢再行駛，於是停了下來，走出車子，四面張望着。這時已經是**半夜**，我連那兩座高大的峭壁都認不清楚了。

我正感到絕望之際，忽然發現遠處隱約有些**火光**，我立即開車向着火光駛去。

原來那裏有四個穿着白袍的阿拉伯人，正圍着火堆煮食。我向他們走過去，用阿拉伯語說：「**我迷路了。**」

那四個人互望了一眼，其中一

個問：「你要到什麼地方去？」

「我要到一個峽谷的出口處，那個峽

谷中，全是 **毒蠍**。」

那四個阿拉伯

人都吃了一驚，「你是

要到那個 **死亡峽谷** 的出口處

去？你去幹什麼？」

我撒了一個謊：「我是國際衛生組

織的人員，奉命來研究沙漠毒蠍。」

「那得向南去，看到兩根大石柱，

那就是了。」

另一個阿拉伯人說。

他們不斷向我強調：「**兩根**

大石柱，兩根大石柱！」似乎那是非常顯眼易找的地標。

我向他們道了謝，又駛着車，照着他們所說的方向駛去。可是，駛了不到十里，汽油就用完了，我不得不棄車步行。

我一直向前走着，沒多久，漸漸就認出了眼前那座峭壁，而且還看到了那四個阿拉伯人口中所講的兩條大石柱，就豎立在那峽谷出口處，我高興得幾乎**跳了起來**。

那兩條大石柱實在太宏偉了，足有三十呎高，粗如五個人合抱，果然是非常顯眼的地標。它們到底是如何建造起來的？看來和金字塔一樣是個謎。

我亮着電筒，來到了其中一條石柱的下面，發現柱上刻着許多**浮雕**，全是牛的圖案，那是各種形態的**牛**，有的牛頭人身，有的牛頭牛身，千奇百怪。

我馬上記起了那金屬片上被翻譯出來的話：**大祭師是牛神的化身。**

這使我更加確信，大祭師的墓，就在這裏了！

可是，我花費了足足一個小時，也找不到墓穴的入口。我**疲倦**得背靠着石柱，休息一會。

太陽漸漸升起了，那兩條石柱長長的影子投在斷崖上，它們**影子**的尖端，竟在陡峭不平的峭壁上相遇！

我還留意到，那相聚點剛好有一道**石縫**！

在**朝陽**之下，毒蠍似乎都隱藏起來了，我連忙攀上去，來到了那個石縫之前。

我亮了電筒，帶上防毒面具，從石縫鑽了進去。才走進了幾步，便看到一道**曲曲折折**，通到下面去的石級。

那些石級鑿造得相當精緻。我向下慢慢地走去。同時，我取出了測試空氣成分的試紙來，發現試紙一直保持着**淺藍色**，這表示這裏的空氣成分很正常。但對於一個封閉了幾千年的古墓來説，卻十分不正常了，難道古埃及的墳墓有抽風系統？

我來到了一道銅門面前，走近一步想找開門方法之際，**世界上最奇妙、最不可思議的事發生了！**

那扇銅門竟然像現代的自動門那樣自動打開來！

更令我驚呆的是，

銅門之內是一條走廊，走廊

的兩旁竟亮着整齊排

列的！

我本來

以為這會是

一座陰暗潮濕的

古墓，但沒想到這裏竟然

先進得猶如那些科技公司的總部。

我向前走去，在走廊的盡頭處又有

一扇門，而我一走到門前，門又自動地打開來。

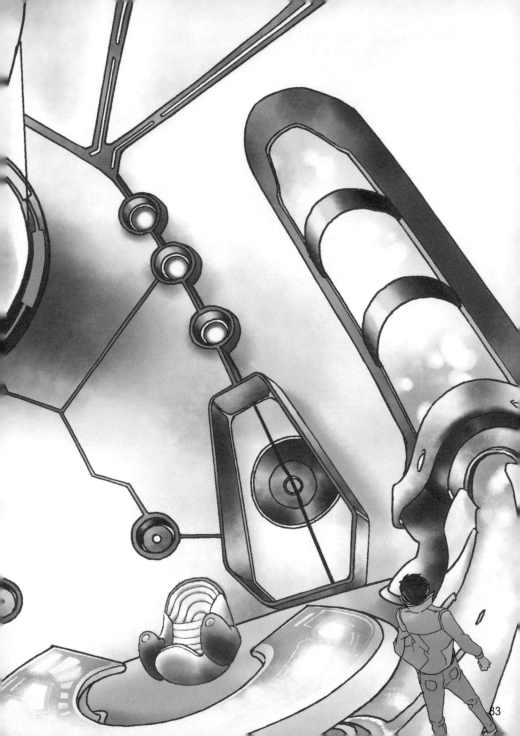

　　裏面是一個大廳，同樣有着燈光照明，**空氣清新**，我索性脫下了戴得不舒服的防毒面具。

　　大廳中的傢俬相當多，卻不是那些古埃及的笨重黃金椅，而是線條**簡約流麗**，材質堅固輕盈的金屬傢俬。

　　這使我腦中**亂成一片**，不知道自己究竟身在何處！

　　我發現牆上有兩個按鈕，一個紅色，一個綠色。而大廳之中也有着兩扇門，一扇是**紅色**的，一扇是**綠色**的，相信那兩個按鈕就是用來打開那兩扇門的。

　　我按下那個紅色的按鈕，如我所料，那扇紅色的門隨即打了開來。

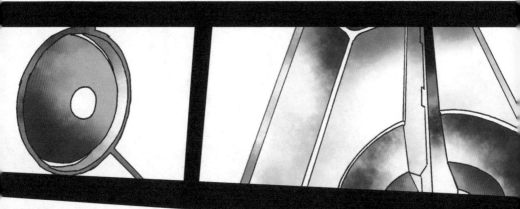

裏面是另一個房間，而房間的正中放着一具巨大的**玻璃棺材**，乍看裏面有個人形的東西。我小心翼翼地走上前查看，發現玻璃棺材裏躺着的並非白雪公主，而是一個異常地高大的男人。

他的頭比正常人大兩倍、上闊下窄，雙眼**突出**，耳朵既尖又短，耳前有兩個金色的三角形凸起物。換句話說，就像一個牛頭！

可是，他身體連接着的，卻又是人的手和腳。

再簡單一點説：**這是一個牛頭人！**

我的腦中翻來覆去地出現着「大祭師是牛神的化身」這句話，現在幾乎可以肯定，躺在玻璃棺材裏的就是大祭師，而種種迹象顯示，**他似乎不是地球人！**

這時，我發現在那玻璃棺材的上方，有一個十分奇異的裝置。那東西是從上面**吊下來的**的，像是一盞吊燈，

但卻只有兩根相當細的金屬棒，沒有其他了。

我一看到那兩根金屬棒的大小和形狀，便**忽發奇想**，取出了那個神奇盒子來。那兩根金屬棒恰好可以插入盒子其中一面較大的小孔中！

雖然明知道這盒子威力驚人，難以駕馭，但好奇心驅使我忍不住要試試，將那兩根金屬棒插進了那盒子的兩個小孔之中。

我後退兩步，細心觀察，聽到那盒子發出一陣輕微的「**吱吱**」聲，然後沒多久，那盒子底部的許多小孔忽然射出**如花灑般**的光線，照射着玻璃棺材裏的牛頭大祭師！

第十七章
兩千年
死人復活

那些細密的光束不斷**變換着顏色**，我正疑惑它

們照射一具屍體會產生什麼樣的效果，會把屍體肢解嗎？

可是，這花灑般的光線，跟早兩天把我右手分離的那種

光芒完全不同。

就在這個時候，盒子發出了一陣十分 **尖銳** 的聲音，同時，我看到躺在棺材裏的牛頭大祭師忽然動了一下！

我吃驚得 **跳了起來**，慌忙將那盒子拉下，盒子十分 **燙手**，我差點拿不住。

我向棺材裏的大祭師瞄了一眼，他仍然躺着不動，但我深信，若非我及時把盒子拉下，牛頭大祭師此刻可能已經坐起身來了。

難道剛才那些光束有着 **起死回生** 的功能？這實在是太荒誕了，一個死去超過兩千年的人，還有可能活過來嗎？

一想到這裏，渾身的 **寒意** 驅使我退出了這間房間。

我考慮了一會，決定打開那扇綠色的門看看。我按下牆上那個綠色的按鈕，那扇綠色的門便迅速打開。

門內也是一間石室，左右兩邊的牆上有着許多圓點，石室的正中央擺放了一張長長的金屬桌子，而桌子的正中有一個凹槽，凹槽下方是一排小按鈕。

雖然每個按鈕旁邊都有文字符號，但我卻無法理解當中的意思。

我大着膽子，隨意按下了幾個按鈕，卻沒有任何反應。

細看之下，我發現那凹槽裏有着許多凹凸點，而且凹槽的尺寸跟盒子裏那金屬薄膜攤開來的大小差不多，我突然記起鄧石的説法，那金屬薄膜上的點狀物，是與其他儀器接通的連接點！

我沒有學乖，又大着膽子拿出那盒子，將它打開，怎料那凹槽好像有磁力一樣，盒子一打開，裏面的金屬薄膜竟然自動翻了出來，攤開鋪在凹槽上。

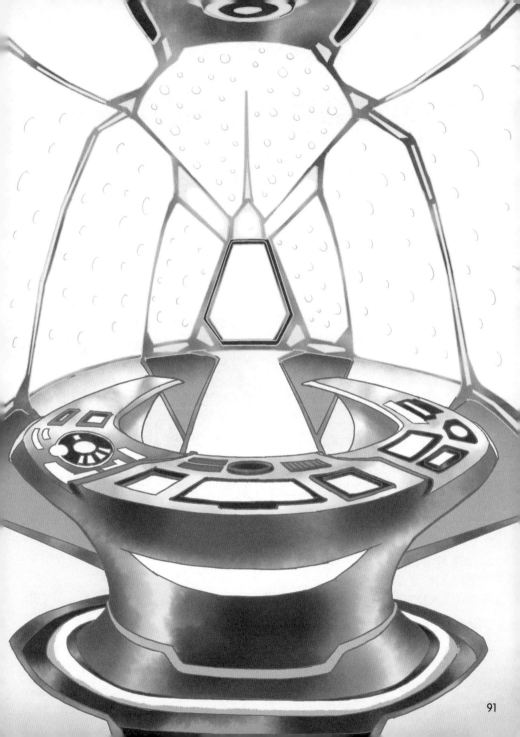

　　牆上那些隨即了起來，然後，最神奇的

事發生了：金屬桌面突然浮現出一些，像一列列

的文字，先從右邊開始浮現，緩緩往左移動，直至佈滿了

整個桌面，那些「文字」不斷從右至左，有點像

電影的字幕，也有點像傳真機。

　　此時，盒子上其中一個孔洞突然射出光線，投影到前面

光滑的石牆上，有如電視；但畫面十分凌亂，只聽

到聲音，而且我發覺聲音是透過金屬薄膜**震動**所產生的。

那是一個人在講話的聲音，但是我聽不懂，難道這是古埃及的語言？如果我能夠看懂桌面上的文字，或是聽懂那古怪語言的意思，那麼整件事的真相或許就能**水落石出**了，可惜我就是不懂。

我焦急地説：「**我不懂!**是誰在講話啊？我聽不懂你在講什麼！」

我一叫，那講話聲突然停了下來，就好像他也能聽到我説話一樣。

於是我再説：「我聽不懂你在説什麼，如果你有意和我**溝通**，請用我聽得懂的語言，或是我看得懂的文字。」

我接連講了幾遍，可是仍然得不到回答。我嘆了一口氣，怎料對方也隨即嘆了一口氣。我馬上明白到，他一樣聽不懂我所講的話。

我嘗試冷靜下來，把思緒整理一
遍，作出一些假定。我假定這個牛
頭大神不是地球人，也不是神，
而是來自地球以外的
。由於他具有
超乎常人的知識和能力，
所以人們奉他為大祭師，更認
為他是**牛神**的化身。

　這裏的石室應該是大祭師生
前所建造的，我剛才所聽
到的聲音，很有可能是來
自那大祭師原來的星球，
而這個石室就是大祭師與他的星球
的地方。

紅綠兩個石室裏的裝置都要靠

那盒子驅動，證明那盒子是一個非

常重要的儀器，卻不知道什麼原因

流落在外，使得到這盒子的人有

一連串奇異的遭遇。

　　但這一切只是我的假定，難

以證實，除非有辦法讓我能和

那把聲音溝通。這時，我突然想

起一個或可充當翻譯的人，

就是那個大祭師！

　　　剛才要不是我把盒子從

玻璃棺材上方取下來，那

大祭師真有可能復活過來的，

當時他的手已**動了一下**。

我立刻從凹槽裏取出**金屬薄膜**，疊好放回盒子裏去，石室立刻回復原來的模樣，牆上沒有投影，桌上沒有凸起的文字，那説着古怪語言的聲音也消失了。

我拿着盒子向鄰室走去，到了那玻璃棺材的旁邊，我內心仍然在**交戰**，我應否讓這位大祭師復活呢？

好奇心驅使我作出了大膽的決定，我將那兩根**懸在半空中**的金屬棒，再次插進盒子中。然後，相同的事情發生了，那盒子發出一陣輕微的「**吱吱**」聲，盒子底部的許多小孔射出如花灑般的光線，照射着玻璃棺材裏的牛頭大祭師！

沒多久，大祭師的手跟上次一樣，忽然**動了一下**。

我的身子不禁 **發抖**，因為大祭師的動作愈來愈明顯了，他的另一隻手也開始動了起來，兩隻手緩緩提起，將棺蓋移開，而他的身子也 **坐起來了**！

他的眼睛本來一點光彩也沒有，但當他轉過頭，向我望來之際，雙眼卻閃耀着變幻不定的 **五色光彩**。這讓我知道，他已經完全復活了！

他坐直了身子，伸出手指在那盒子上按了一下，從盒子射出來的光線便消失了。

他向我望過來，講了一句十分簡短的話，可是我依然聽不懂。

如今我面對着一個死去超過二千年，而又復活過來的「人」，心中的 **驚駭** 和 **混亂** 是可想而知的。

99

他慢慢地從玻璃棺材中**跨了出來**，走到我面前，又講了一句話。我用力地搖頭，攤着手，表示我聽不懂。

他突然取下了那個小盒子，不再和我說話，逕自走到另一邊的石室去。

我跟着他，只見他將那盒子裏的金屬薄膜熟練地放在**凹槽**上，開始操作起來。

桌面上**凸起**的文字又出現了，牆上亦**投影**出

畫面，這畫面比剛才清晰了一點，能隱約看到是一個和大

祭師差不多模樣的人。

　　接着，他們便開始用我不認識的語言交談起來，足足

有三十分鐘之久。大祭師這才轉過身來，用右手食指和中

指在自己的前額上敲了幾下，好像他額頭有一個**隱形**鍵

盤一樣。

　　他敲完後，忽然説：「我講的話你聽懂了？」

　　我**嚇了一大跳**，連忙點頭説：「是，是的。」

他又望了我一會，才道：「那很好，**我需要你的幫助。**」

雖然我還不知道他要我幫助做些什麼，但為了弄清這一切事情的真相，我當然一口答應並提出交換條件：「我當然可以幫你，但是有一個**條件**。」

「什麼條件？」大祭師的雙眼突然變成了**深紅色**，連聲音也帶着怒氣。

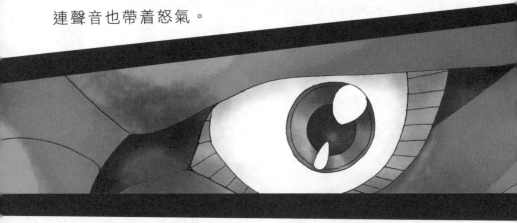

但我依然鼓起勇氣說：「**把一切事情的來龍去脈告訴我！**」

第十八章

狡猾的地球人

　　大祭師向我走來，把我逼到牆邊。退無可退之下，我緊張地問：「你想怎樣？」

　　他冷笑着説：「這事情一句話就能説完。」

　　我十分詫異，我心裏有那麼多的謎團，他真的能一句話説完嗎？我正期待着他的答案。

　　他説：「地球人卑鄙、怯懦、無恥，就和伯雷特法老王一樣！」

　　他這句話不但未能解開我心中的謎團，還多添了一個疑問：「你講的那個法老王，究竟對你做了什麼？」

只見大祭師**憤怒**得一拳打在金屬桌上，很是激動，「我有着一切科學設備，可以鑒定地球上一切東西的成分和質量，但是我卻沒有方法測定一個人是**誠實**還是**狡猾**！」

我趁機說：「若要人待你誠實，那麼，你先要誠實待人，將你的一切全都講給我聽吧，我會幫你的。」

他望了我好一會，忽然笑了起來：「好，我可以滿足你的好奇心，我來自另一個**天體**，那天體離地球極遠。」

「這個我早已猜到了，而且，你們比地球人進步了不知道多少倍。」

他毫不客氣地承認：「當然！地球人在我們眼中，就如螞蟻在你們眼中的地位一樣！」

我聽得有點生氣，但難得他願意開口，我不想**打斷**他，便讓他繼續說下去。

他指着那盒子，冷笑道：「別的不說，像這個小盒子，

你知道它是一座壓縮了幾千萬倍的電子工廠麼？它可以做出許多奇妙的效果，你們整個地球的工廠加起來，也及不上它萬分之一的功能。」

我已清楚感受到自己的確如螞蟻差不多了，實在沒必要再聽他炫耀，於是我便說：「關於這一點我已經很清楚了，請你講你自己的事情。」

大祭師頓了一頓，說：「我是最先來到地球的，我們已選定了地球作為移民區，準備陸續前來，如果不是有了意外，計劃已經實行了！」

「什麼意外？」我馬上追問。

「有兩顆小行星在太空**相撞**爆炸，引起了附近星球的連鎖反應，形成了極大的**輻射環**，我們的飛船無法通過那輻射環到達地球，我就成為唯一到達地球的人了。」

我手心冒着冷汗，如果不是在遙遠的太空忽然有兩顆小行星相撞，形成了巨大的輻射環，那麼我們地球人在二千多年前可能已經被消滅，假使沒有被消滅，也會成為別人的奴隸！

大祭師繼續説：「他們沒法前來，同樣地我也沒法回去，不過，我和我星球的通訊仍持續着。我奉命留在地球，那時正是伯雷特王朝的時代，由於我有超卓的能力，很快就被任命為整個王朝的大祭師。」

「這裏的石室是你一個人建造的？」我問。

他搖搖頭，「地球人雖然愚昧，但在我的指導下，總算建成了這基地。你在外面看到的那兩根大石柱，其實是

太陽能發電 裝置，但當然，地球人是無法理解的，他們只是照着我的意思去做。」

說到這裏，他又嘆了一口氣，「當時我沒想到地球的科技水平如此落後，連 **電力** 都不懂應用，更沒有什麼 **壓縮** 技術。可惜我帶來的材料和工具不夠，只能造出那兩根大石柱，用來吸收太陽能，為石室內的一切提供電力。」

「你在地球設立這個基地，目的是什麼？」我不禁問。

「我一直保持着跟我星球的人 **聯繫**，我們星球的科學家想盡辦法令那輻射環消失，可是一直都不成功。後來，他們想出了一個辦法，可以使我回去。」

「是什麼辦法？」我追問。

「那是一個十分冒險的方法，利用那電子工廠射出一種 **分解光**，把我的身體分解為幾千億兆的原子。」

「那不就等於 **化為烏有** 嗎？」我叫了出來。

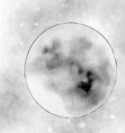

「是的，我化為烏有了，但那只是暫時的現象，我身體所化成的幾千億兆粒原子，依然受分解光的推動，以 **光速** 前進，

到達我們的星球後，再進行還原，組合成我的身體，這樣我便可以不怕輻射帶的阻礙而回去了。」

他講到這裏，我便想起那盒子令人 **支離** 的事，我疑惑地問：「那種光如果照到了一個人的手，會發生什麼情況？」

「照到了手，那個人的手自然會 **消失**，化成原子，傳送回我的星球去。」

「可是，那種所謂的分解光，曾經令幾個地球人成為了支

離人，他們的情形是肢體離開了身子，而且活動自如。」

大祭師解釋說：「那是因為電力不足，不

能將原子運送出去，於

是迅速地又恢復了原

狀。而且，分解光不能

割離 神經系統的感應

力，所以，一個人的手在離開了身體之後，仍可以受神經

系統操控， 游離活動 。而當人和手接近到一定的距離

時，由於原來原子組合的吸引力，手又會迅速地回到

身體上。」

大祭師所說的，正是鄧石

的情形！也是我親身感受過的

情形！

　　我點了點頭，「我明白了，但為什麼你仍未回到自己的星球去呢？」

　　大祭師的眼睛又變了**深紅色**，他憤怒地說：「我本來已準備好一切，邀請了伯雷特王過來幫助我。我和他的友誼甚好，他一定會幫助我的。我先躺在玻璃箱裏，將自己麻醉。我事先已告訴過他如何操作那些按鈕，他只要照

着做，電源一接通之後，分解光便會將我**分解**，以光速傳送出去，可是——」

大祭師極力壓抑着憤怒的情緒，繼續説下去：「他只按下了一個按鈕，第一個步驟是將我全身的組織和神經進行抑制，進入類似**冬眠**的狀態，然後他就沒有再操作下去了，使我一直冬眠到現在！」

我終於明白大祭師為什麼痛罵地球人卑鄙，為什麼對伯雷特王如此憤恨，原來他受騙了。本來他可以回去的，但結果卻冬眠了**超過兩千年！**

我很理解伯雷特王為何要這樣做，因為擁有奇能的大祭師在當時應該已**功高蓋主**了，人民把他當成神一樣崇拜，比起伯雷特王**有過之而無不及**。伯雷特王早存戒心，難得發現有方法能令大祭師冬眠不起，自然不會放過除去他的機會。

至於那盒子，我估計伯雷特王

把它當成飾物傳了下去，傳到了一

個法老王的手中，卻因為一次**雷擊**

意外，使盒子得到電力，結果令那法

老王的肢體分離。人們看到了，以

為是妖魔作怪，把他活生生做

成了支離的**木乃伊**。那盒子

亦被視為「不祥之物」而遭拋

棄，輾轉流落民間。

　而藏在石棺蓋裏的金屬

片，相信是當時人們依

然很崇拜離世已久的大

祭師，他們害怕支離法老王的

妖氣會**散播**，於是在石棺蓋

裏夾着歌頌大祭師的詩歌，希望藉此封印邪氣。

當然，這一切只是我的**猜想**而已，是否正確，恐怕難以證實。

我正在胡思亂想的時候，大祭師忽然說：「好了，現在我需要你的幫忙。」

「好的。既然你把事情告訴了我，我也應該履行承諾。但是……**你不怕 我騙你麼?**」

我坦白地問。

第十九章

逃出 生天

　　我感到十分疑惑，他吃過一次虧，為何還這樣相信我會履行承諾？

　　「跟我來吧，我告訴你如何操作。你必須依照次序按下七個按鈕，時機非常重要，必須在每次光線變換顏色後

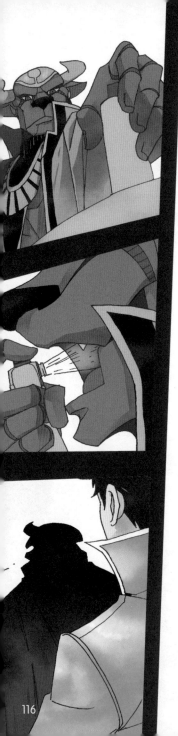

兩秒之內按下去。」他一面說，一面指給我看，教了我幾遍，讓我牢記住。

然後，他拿起一個金屬瓶，「嗤」的一聲往自己嘴裏噴了一些東西。

他**拋開**了那金屬瓶，利誘我說：「你這樣幫了我，當我下次再臨地球的時候，一定會讓你成為地球上最具權勢、最有財富的人。」

此刻，我終於明白他何以認為我一定會幫助他了，原來他很了解人類的**貪念**，在權力和財富面前，無人能抗拒。

大祭師躺進玻璃箱裏，眼中的光芒**漸漸斂去**，像半夢半醒的模樣。

我的手指微微發抖，按下第一個按鈕，那掛在半空中的盒子便發出一陣「吱吱」聲，向玻璃箱裏的大祭師射出了**藍色**的光芒。

我看着他漸漸進入了冬眠狀態。

約三分鐘後，光芒由**藍色**變成了**黃色**，按照大祭師的指示，我必須在兩秒之內按下另一個按鈕。

但我沒有這樣做，我把那盒子取下來，光芒便熄滅了。

我本來是真心想幫他的，可是，他説他下次再臨地球的時候，會讓我成為

地球上最具權勢、最有財富的人。那表示，如果這分解重組的方法可行的話，他會再來地球，而他那個星球的人也會大批前來。到時候，地球人即使沒有被消滅，也將會

失去自由，而我最多只能成為他們的**傀儡**。

所以，我不得不改變主意，和伯雷特法老王一樣，在大祭師進入冬眠狀態後，我便停止操作下去，讓他一直**長眠**。可憐的大祭師又一次被我們地球人騙了，只怪他

對人性還不夠了解，相比起權勢和財富，我們更渴望自由。

我無法毀掉那盒子，只好將它放進褲袋中。然後，我舉起一張石凳，用力地砸毀所有儀器設備，石室內的燈馬上**熄滅**。

幸好我記得出路，摸索着逃了出去。當我爬出山縫的時候，正是傍晚時分，我攀下了山，在我的行囊中取出了**炸藥**。那些炸藥，我本來是準備在進入古墓遇到障礙時用的。

我再度攀上山，將炸藥塞進那石縫中，拉下藥引，點着它，然後飛快地奔跑離開。

「**轟**」的一聲巨響，炸藥爆炸了！

　　我伏在地上好幾分鐘才回過頭看，只見那山縫已被炸下來的石塊**堵住**了，相信以後不會有人知道那裏曾經有過一道山縫，更不知道裏面有神秘的石室，還有一個來自其他星球的**牛頭人**在冬眠着。

　　當我從沙中爬起來的時候，**忽然看到成千上萬的毒蠍從峽谷裏湧出來！**

　　我深深地吸了一口氣，連忙轉身拔腿就跑。

　　開始的時候，我身上還帶着不少東西，但毒蠍爬行的「**沙沙**」聲好像愈逼愈近，我不得不將身上的重負逐一拋棄，直到只剩下一壺水的時候，我看到了我的車子。

　　我連忙跳進車子，關上車門，看到成千上萬的毒蠍子**像潮水般湧來**，當真令人毛髮直豎。幸好我有車子，可以開車離去。

但當我發動車子，踏下油門的時候，我才猛然記起，

車子 早就用光了 汽油！

這時蠍子已湧了過來，漫天蓋地地爬越車子，當它們爬過玻璃窗的時候，我可以清楚地看到它們醜惡的身子，和那可以致人於死地的毒鈎，我緊縮住身體，深怕會有三兩隻毒蠍從什麼**縫隙**鑽進來。

幸好，我發現這些毒蠍只是一往無前地**向前衝**，並沒有停留的意思。等了近半個小時，那些毒蠍終於全部爬走了，我這才將窗子打開了一道縫，大力地呼吸着**新鮮空氣**。但我仍然不敢走出車子，一直到了天亮，肯定周圍已沒有任何毒蠍了，我才步行離去。

在沙漠裏走了超過一日一夜，我終於**不支倒地**，幸好，我是倒在宙得神廟的石階前。

　　醒來的時候，我已在**醫院**中。那是當地最好的一家醫院，胡明也在那裏留醫，我出院前要去看看他。

　　可是，駐守醫院的警方人員對我非常不友善，我經過了好幾次的交涉，才獲准隔着玻璃窗看胡明。

　　我來到胡明的病房外，站在窗前看進去，只見一張**浮腫慘白**的臉在對着我傻笑。那就是黝黑、樂天、又有學問的胡明嗎？這實在是一件令人難以接受的**悲劇**，而且我要為此負上相當大的責任。

　　警方只容許我見胡明兩分鐘，然後他們便催促道：「因為你的關係，我們六名優秀的專家都變成這樣子了。先生，病人要休息了，**請你快些離開！**」

　　我終於明白他們為何那樣**敵視**我了。我也不想跟他們爭辯，只好離開醫院，截了一輛的士回酒店收拾行裝。

我的腦中實在**混亂**得可以，真希望這一切只是一場夢，睡醒之後就會回復正常。這樣不切實際的想法，竟然出自衛斯理的腦袋，可想而知當時我是多麼的沮喪和無助。

不過，這個想法卻令我記起了鄧石日記裏的其中一段內容，使我看到了**一絲曙光**，當下連忙對的士司機說：「**停車！回去！回到我剛才上車的地方去！**」

第二十章

絕處 逢生

那的士司機一定是把我當成傻子了，尤其剛才我是在醫院腦科大樓外截車的。

車子回到醫院，我叫司機在門外等我二十分鐘。雖然他點點頭，但從他的眼神我就知道，他是不會等我這個「傻子」的。

我掏出了一大疊鈔票，數也不數，便把當中的一半給了他，然後說：「等下我還要去另一個地方，到時給你剩下的一半。」

司機頓時雙眼**發亮**，那是超過十倍的車資，我知道他已經愛上「傻子」了，此刻就算我叫他等上半天，他也會答應。

之後，我連忙**潛入**醫院。對我來說，把胡明帶走並不算是什麼難事。要知道，我可是曾經單人匹馬潛入某國大使館，挾持了他們的特務頭子，然後還能全身而退的人。區區一間醫院，幾名駐守警察，是難不到我的。

我**迅速**拿了一套男護士剛換下來的護士服，也管不了衣服上會不會有**細菌病毒**，立刻穿上，戴上口罩，便推着餐車來到胡明病房。守門的警察沒認出我，很容易就讓我進去了。

幸好房裏只有胡明，他大發脾氣不肯吃東西，但我告訴他，我是來跟他玩遊戲的，他便**滿心歡喜**地聆聽我的遊戲規則。

不到十分鐘，我便推着餐車出去，但警察沒有察覺到異樣，還安慰我：「他又不肯吃東西嗎？辛苦你們了。」

我無奈地點點頭，然後離去。

當然，餐車內是着身子的胡明，我和他玩的遊戲就是躲貓貓。

我把胡明推出了醫院大門，連忙上了的士，將鄧石那英國式洋房的地址告訴了司機，全速駛去。

我是想起鄧石的日記裏提到，他每次**支離**後，精神都變得更飽滿，渾身舒暢，他還會在箱子形的床裏睡覺，帶着那神奇盒子，接通七百伏特**電壓**，不停支離又結合，每天睡上兩小時，便有一種**重生**的感覺。

據牛頭大祭師說，**分解光**是把身體分解成細小的原子，然後又依原來的排列，重新組合回去。鄧石經過不斷支離和結合後，身體的原子排列漸漸回復到最佳的狀態，所以感到就好像重生一樣。

那麼如果把胡明的腦袋不斷分解再結合，說不定也可以把他**錯亂**的神經復原到正常的狀態。

我們來到鄧石那英國式洋房，我又和胡明玩遊戲了，讓他躲在那箱子形的床裏，玩**肢體分離**的魔術。

我把那神奇盒子安裝在箱蓋內，**接通電源**。胡明在箱子裏看到自己的身體不斷分解和結合，一定玩得十分開心，因為箱子裏不停傳出他驚喜的笑聲。不過，他很快也睡着了。

兩個小時後，我把電源關掉，打開了箱蓋。只見胡明慢慢睜開了眼睛，雙目**炯炯有神**，第一時間便跳了出來，抓住我的肩膀，緊張地問：

「**那金屬片呢？還在不在？**」

聽到他說這句話，我便知道他已經回復正常了，我激動得馬上緊緊擁抱着他，説不出話來。

有了胡明這個成功例子，警方對我的態度立刻一百八

十度**轉變**，邀請我為其餘幾位學者治療，這樣也好，我不用假扮男護士把他們逐一偷運出去了。

雖然這「**電子工廠**」功能強大，可以救助不少人，但貪婪的人類必定會想盡辦法爭奪它；而萬一人們發現了牛神大祭師的秘密，難保有人會不惜一切代價和他合作，以換取權力和財富。

我不希望地球走上那條路，所以，當我把其餘學者都治好後，便決定把那「電子工廠」丟到一個無人能找到的地方。我特意坐郵輪回港，在經過太平洋的時候，將那盒子扔進**太平洋的海底**，希望永遠再沒有人發現它。

由於坐郵輪耽誤了一些時間，我勉強趕及在年三十晚的半夜前回到家裏，差幾分鐘我就險些要被白素宰掉了。

我立刻**堆起笑臉**，幫她一起封紅包，並一邊向她講述這次**緊張奇妙**的經歷，她聽得非常入神，還誇我拯救了地球呢！（完）

案件調查輔助檔案

九死一生

他說得愈客氣，我愈感到事情的不妙，這行動肯定是**九死一生**的了。

意思：死的可能性遠遠大於活的可能性，但終於脫險。比喻經歷很多艱險而大難不死。

責無旁貸

可是，我**責無旁貸**，胡明和幾位教授都是因為我的疏忽而受創的，我必須盡一切能力去補救。

意思：即是說自己應盡的責任，沒有理由推卸。

摩斯密碼

是一種時通時斷的訊號程式碼，通過不同的排列順序來表達不同的英文字母、數字和標點符號。

內有乾坤

他顯得十分為難，我馬上就知道，這公事包一定是**內有乾坤**，一打開就會中伏而死。

意思：指一個事物的表面可能很平凡，但其中隱藏很大的秘密或問題。

風雨不改

他叫雅拔，每天下午三時都在市郊一個公園的一尊石像下，**風雨不改**。

意思：指遇到風雨也不更改，亦可比喻處於惡劣環境中仍不改變其節操。

短兵相接

每一下**短兵相接**，我手上的樹枝就被削去幾分，眼看很快就削到我的手指去了。

意思：指作戰時近距離廝殺，也比喻雙方面對面進行尖銳的鬥爭。

百合匙

又稱萬能匙，利用鋼絲、鐵片、齒模等眾多的撥動工具，加上一些很普通的機械力學原理，運用巧力來撥動鎖芯，這樣就可以不造成破壞，又不留明顯痕迹地開啟各類的鎖了。

長足

經過一星期的練習，我有**長足**的進步。於是把練習範圍延伸至屋外。

意思：形容事物進展迅速。

天淵之別

相反，那盒子裏的金屬薄膜卻絲毫無損，顯然彼此的物料不同，技術水平也有**天淵之別**。

意思：「天淵」是指「天」和「地」，比喻差別極大。

蠕蠕

那白骨上也爬滿了毒蠍，有的在**蠕蠕**爬行，有的在互相用尾鉤打着架。

意思：像蟲子似的前後蠕動身體，用來形容慢慢移動的樣子。

水落石出

如果我能夠看懂桌面上的文字，或是聽懂那古怪語言的意思，那麼整件事的真相或許就能**水落石出**了，可惜我就是不懂。

意思：比喻事情真相大白。

有過之而無不及

因為擁有奇能的大祭師在當時應該已功高蓋主了，人民把他當成神一樣崇拜，比起伯雷特王**有過之而無不及**。

意思：即是相比之下，只有超過而不會不如。

夷為平地

據他們說，若是七粒「子彈」齊發的話，足以把整座大使館**夷為平地**。

意思：指地面以上的物體全部摧毀，或是指鏟平一個地方，使它變成一塊平地。

求之不得

我以為他會拒絕打開，或故意拖延，怎料他好像**求之不得**地馬上拍下一個按鈕。

意思：形容迫切希望得到。

心生一計

但我忽然看到一頭在公園裏散步的獵犬，**心生一計**，便向獵犬大吼一聲，引起牠的注意。

意思：即是心中忽然想到一個計謀。

化為烏有

是的，我**化為烏有**了，但那只是暫時的現象，我身體所化成的幾千億兆粒原子，依然受分解光的推動，以光速前進，到達我們的星球後，再進行還原，組合成我的身體，這樣我便可以不怕輻射帶的阻礙而回去了。

意思：「烏有」即是無有，不存在，整句的意思是變得什麼都沒有了，用來形容一下子喪失或全部落空。

衛斯理系列 少年版 02

支離人 下

作　　　　者：衛斯理(倪匡)

文 字 整 理：耿啟文

繪　　　　畫：余遠鍠

助理出版經理：周詩韵

責 任 編 輯：蔡靜賢

封面及美術設計：Chili

出　　　　版：明窗出版社

發　　　　行：明報出版社有限公司

　　　　　　　香港柴灣嘉業街 18 號

　　　　　　　明報工業中心 A 座 15 樓

電　　　　話：2595 3215

傳　　　　真：2898 2646

網　　　　址：http://books.mingpao.com/

電 子 郵 箱：mpp@mingpao.com

版　　　　次：二〇一八年十一月初版

　　　　　　　二〇一九年六月第二版

　　　　　　　二〇二〇年二月第三版

　　　　　　　二〇二二年七月第四版

I S B N：978-988-8525-45-4

承　　　　印：美雅印刷製本有限公司